LA COLLANA DEI PICCOLI

ISBN 978-88-6656-256-6
www.edizioniel.com

Fiabe siciliane

A cura di Lella Gandini

Riscritte da Roberto Piumini

Illustrazioni di Anna Curti

Einaudi Ragazzi

Fiabe siciliane

Cola Pesce

Viveva in riva al mare a Messina una donna, e con lei un figlio chiamato Cola che stava al largo dalla mattina alla sera, perché cosí gli piaceva. La madre chiamava, chiamava, ma lui non veniva, e a lei si torcevano le budella per la rabbia.

Un giorno che piú del solito lo aveva chiamato, e meno del solito lui aveva obbedito, la donna strillò furibonda: – Che tu possa farti pesce, Cola! – L'aveva detto appena, che Cola diventò mezzo pesce, con le dita palmate e le branchie alla gola: e non tornò piú a terra da allora, tanto che la madre morí disperata.

C'era chi lo chiamava Pescecola, chi Colapesce: dalla cinta in su era uomo, dalla cinta in giú era pesce, e stava dentro il mare per ore e ore, quanto gli piaceva, perché respirava proprio come i pesci. Passava la vita andando qua e là fra gli scogli, le grotte, le meraviglie del mare. Faceva l'amore con le sirene, e litigava con i pesci grossi del fondo. Dicono che fu lui a inventare la carta per navigare e la bussola, e che teneva lontani i mostri marini dalle barche dei pescatori. Se poi voleva fare lunghi viaggi, faceva cosí: si lasciava ingoiare, tutto intero, da un pesce di quelli enormi che incontrava, e nel suo ventre percorreva le mille miglia: poi, quando voleva uscire, usava il coltello, e ta-

gliava la pancia al pesce. Cosí girò tutti i mari del mondo, e li esplorò, e alla fine tornò nel mare siciliano. Venne un giorno il re a Messina, e sentí parlare di quel mezzo pesce e mezzo uomo: lo fece chiamare, e andò al faro per vederlo: – Dicono che sai ben nuotare: è vero? – chiese il re.

– È vero, maestà.

– Allora riportami questa, – e il re gettò la

spada nell'acqua scura. Cola sparí, e presto la riportò. Allora il re gettò un anello piccolo: ma Cola riportò anche quello. Re e regina erano meravigliati.

La regina, per metterlo alla prova, andò con la barca reale al Faro di Garofalo, lo chiamò e gli disse: – Guarda questa coppa d'oro: io la getto nell'acqua fonda, e se tu un'ora dopo la trovi, te la puoi tenere.

Dopo un'ora Cola si tuffò, e dopo due ore tornò su con la coppa in mano.

– Cosa hai visto sul fondo del mare? – chiese la regina, dopo avergliela regalata.

– Due grandi caverne, maestà, – rispose Cola Pesce. – Risucchiano l'acqua del mare e spariscono sotto il monte del faro.

Dopo qualche giorno, la regina fece chiamare Cola Pesce, e gli disse: – Ora getto questa coppa d'oro, piú grande dell'altra: se la vuoi, valla a prendere in fondo alle due caverne.

– Gettala, maestà, – disse Cola.

La regina gettò la coppa, e Cola Pesce sparí nel profondo: e dopo tre ore eccolo tornare su spaventatissimo, bianco smorto, con la coppa nelle mani tremanti. – Che hai visto laggiú, Cola Pesce?

– Mostri giganteschi, tremendi: chi ci capita in mezzo, non ritorna!

La regina, il giorno dopo, tornò al Faro, e

chiese a Cola di scendere fino ai mostri. Lui non voleva, ma lei disse: – Se ci vai, oltre questa coppa piú grande delle altre due, ti darò in sposa la mia figliola –. Lui si tuffò, e tornò sanguinante dopo quattro ore: ma disse che ancora non aveva raggiunto il fondo delle caverne. Allora la regina disse: – Cosí non avrai in sposa la principessa!

Cola Pesce sparí nelle onde verdi, e nessuno lo rivide mai piú: ma è sicuro che non ci fu mai al mondo un nuotatore piú bravo di lui.

Lo sposalizio di una regina

Un re e una regina avevano una figlia da maritare. Fecero un annuncio, e vennero di corsa tutti i regnanti. La figlia li guardò, ma nessuno le piaceva. Vennero i principi: ma nessuno le piaceva. Vennero i cavalieri, e nessuno le piaceva. Vennero i professori, e lei ne scelse uno.

Si fecero le nozze, e con un seguito di soldati i due sposi partirono. Ed ecco che, dopo un po' di viaggio, i soldati dissero: – Mangiamo, maestà? – Ma il professore-reuccio diceva: – A quest'ora non si mangia –. Dopo un po' di strada, i soldati dissero: – Mangiamo, maestà?

– A quest'ora non si mangia.

I soldati, per la fame, mordevano le pietre: e alla fine abbandonarono i due sposi, per andarsene a cacciare la selvaggina.

Da soli, i due continuarono, finché giunsero a un'alta roccia. Lui batté un bastone tre volte, e si aprí una caverna. – Entra lí dentro, – disse lo sposo. – Ho paura, – lei rispose. – Se non entri t'ammazzo –. Allora lei entrò: e trovò cataste di cadaveri: gente che lui aveva ammazzato. – Dovrai ogni giorno caricarteli in spalla, e metterli a posto, – lui comandò.

Dopo qualche giorno di quel lavoro, lei fu stanca, e decise di tornarsene a casa. Ricordò allora che, prima delle nozze, una zia le aveva dato una pezza magica, per chiedere aiuto in caso di bisogno. La prese dal cassettone, e la pezza disse: – Comanda!

– Voglio tornare al mio paese, con mio padre e mia madre –. Ed ecco apparve una colomba bianca, che disse: – Comanda.

– Porta questa lettera a mio padre, e riporta la risposta –. E le mise nel becco una lettera. La colomba uscí da una fessura,

andò alla reggia. Il padre lesse la lettera, e rispose, scrivendo questo consiglio: «Figlia, cerca di sapere dal tuo sposo come puoi uscire da lí».

Quando il marito tornò, lei gli fece varie moine, e poi gli disse: – Sai, marito, ho sognato stanotte che uscivo da qui... Indovina come facevo –. E lui: – Oh, avevi trovato il settimo figlio di qualcuno! – Lei, con la solita colomba, inviò al padre il messaggio: e il re mandò la truppa a cercare qualche settimo figlio.

Cerca e cerca, alla fine trovarono una lavandaia che aveva sette figli, e l'ultimo andò con loro a liberare la regina, guidati dalla colomba bianca. Quando furono alla roccia, lui batté la verga tre volte, e la porta si aprí: la regina era già pronta con la sua roba, e se ne andò via con loro.

Torna il ladrone, e non la trova piú. – Tradimento! – grida e strilla, e si mette in cammino per andarsela a riprendere. Nei giardini, trova una vecchia sorda, e le chiede: – Hai visto passare soldati? – E lei, che non capiva: – No, non ho lupini salati! – E lui: – Ho detto se è passata di qui una regina! – E lei: – No, non ne avrò nemmeno domattina!

– Ho detto se è passata la truppa!

– No, non ne ho nemmeno due per la zuppa!

Lui, arrabbiatissimo, se ne andò, e intanto la regina e il settimo erano alla reggia: e lí si fecero le nozze fra lei e un reuccio di Siberia, e partirono per quel paese che è chissà dove.

Ma il ladro-magone, intanto, fece una magia, ed entrò in un quadro: e di posto in posto, di città in città, si trovò nel suo quadro là in Siberia. La regina era affacciata alla finestra, vide il quadro e le piacque, perché presentava i luoghi di casa sua. Lo comprò, e lo mise accanto al suo letto, chiuso in quattro catenacci.

Quella notte, mentre il marito dormiva, il mago mise una mano fuori dalle catene, e infilò un bigliettino incantato sotto il cuscino del re: cosí lui non sentiva nessun rumore.

Poi il ladrone cominciò a sciogliere i catenacci: la regina lo sentí, e disse: – Sveglia, marito! – Ma il marito non sentiva. Il ladro sciolse il secondo catenaccio. – Marito, non senti il rumore? – Quello non sentiva. Il ladrone sciolse il terzo catenaccio: – Sveglia, sveglia! C'è qualcuno nella stanza! – E la regina dava pizzicotti al re: ma lui russava.

Alla fine, quello ruppe il quarto catenac-

cio, si fece vedere e disse: – Dammi le forbici, che adesso ti taglio i capelli! – Lei si alzò: ma alzandosi cadde il cuscino, e il foglietto volò sul pavimento. Allora il re si svegliò, vide il ladrone, e chiamò le guardie, che gli tagliarono la testa e le mani.

Cosí re e regina fecero festa grande: a me rimasero solo due ghiande.

Le mie belle tre corone

Una lavandaia, molti anni fa, andò un giorno a portare la biancheria che aveva lavato: e tirava un vento da sollevare i sassi. La lavandaia prese freddo, si sentí male. Appena a casa prese un pane e una bottiglia d'olio, e disse alla figlia: – Me ne vado all'ospedale: qui c'è olio e pane per mangiare.

Chiuse la porta a chiave e andò all'ospedale, dove la prese la gran febbre. Allora chiamò il confessore, si confessò, gli diede le chiavi della casa e gli disse: – Padre mio, ho una figlia tutta sola!

Il confessore disse: – Penserò io a lei, non dubitare: la porterò a casa mia, e starà con mia madre e mia sorella –. La lavandaia morí, ma il confessore si dimenticò della faccenda, perché chiave da sola non tintinna, e cosí venne il sabato, e la madre del confessore, cambiandogli la veste, trovò la chiave, e disse: – Figlio, cos'è questa? – E il prete: – Oh, me lo sono dimenticato! – e corse alla casa della lavandaia, e l'aprí. E la ragazza: – Madre! Sei tornata! – E lui: – No, tua madre è a casa mia. Vieni anche tu.

La ragazza gli corse dietro, e arrivata alla casa del prete gridò: – Madre! Madre! – E allora la mamma del prete le disse: – Figliola, tua madre è coi santi: consolati e porta pazienza –. La ragazza invece si disperò: voltò la faccia e corse via per la campagna, e corri, e cammina, venne sera, ed ecco un palazzo tutto coperto di panni neri, a lutto, sul portone e le finestre. Entrò, e c'era una gran sala. Andò avanti, e vide la cucina, piena di ogni bontà. Va avanti, e trovò delle camere, tutte in disordine.

Allora la ragazza prese una scopa e cominciò a pulire, e a spolverare, e a sbattere materassi, e cambiare la biancheria, e il palazzo divenne pulito come la casa del vento. Poi entrò in cucina, prese una gallina, e si preparò un brodo buono, giacché aveva fame. Poi salí in camera, e si nascose.

A mezzanotte precisa, ecco una voce da fuori: – Oh, le mie tre belle corone! Oh, le mie tre belle corone! – La voce si avvicina, ed entra una donna. Dice: – Guarda che bella pulizia! Guarda che bell'ordine in casa! Venga fuori chi l'ha fatto! Se è un uomo lo prendo per figlio, se è una ragazza la benedico!

Allora la ragazza uscí dal nascondiglio e si presentò, e la donna le disse: – Sii benedetta, figliola: resta qui con me. Io al mattino esco a cercare le mie belle tre corone, tu sarai la padrona in questa casa. Quelle sono le chiavi, fai quello che ti pare.

Un giorno, quando è sola, la ragazza se ne va in giro per il palazzo, vede una porticina, trova la chiave, la apre, e ci sono tre bei giovinetti: stanno con gli occhi aperti, ma senza vita. La ragazza chiuse la porta, e disse: – Aveva ragione, la signora: ecco i suoi tre figlioli –. E quella sera, tornando, la signora disse: – Le mie belle tre corone! Le mie belle tre corone! – E poi benedisse la ragazza per il bene che le stava facendo.

Un altro giorno, la ragazza era alla finestra, e guardava il giardino con un po' di tristezza: ed ecco vide una serpe con tre serpentini. Poi arrivò un'altra serpe e li ammazzò tutti e tre, mentre la serpe-madre si torceva di qua e di là per il dolore. Poi la serpe-madre andò, colse un'erba, e strofinò un serpentino: era morto, ritornò vivo. Strofinò il secondo: uguale, e anche il terzo.

La ragazza, che aveva visto tutto, gettò una pietra alla serpe assassina, poi scese in giardino, andò a cogliere un po' di quell'erba, ritornò in casa, e strofinò con quella il primo dei giovinetti: era morto, ritorna vivo, e dice: – Sorellina, mi dai la vita! – Allora la ragazza corre in cucina, ammazza una gallina, fa del buon brodo, e lo porta al giovinetto, poi lo mette a letto, e strofina gli altri due, e quelli tornano vivi, bevono il brodo, e via a letto come il primo.

Dormi e dormi, si vede che erano stanchi: quando si svegliarono chiesero: – Dov'è l'Imperatrice? – Allora lei: – Ah, è un'Imperatrice! State qui, la vado a cercare!

Alla sera torna la signora: – Oh le mie belle tre corone! Oh le mie belle tre corone! – La ragazza le andò accanto, e si mise a chiacchierare, e fra questo e quello le chiese: – Perché Vostra Eccellenza va sempre fuori casa?

– Ah, figlia mia, per cercare le mie belle tre corone!

– E chi sono queste tre corone?

– Devi sapere, figliola, che io avevo marito, e tre figli maschi: e quei tre figli mi sono spariti, e io li vado a cercare.

Allora la ragazza sbatté l'aria col grembiule e disse: – Vostra Eccellenza non esca piú: i suoi figlioli glieli farò trovare io!

– Per quanto non devo uscire?

– Otto giorni.

– E per otto giorni non uscirò –. E in quel tempo, la ragazza cosa faceva? Senza farsi vedere dalla signora, dava da mangiare ai figlioli, e poi serviva lei, la pettinava, la vestiva, la ornava, dicendole che doveva essere pronta per il ritorno dei figlioli: e intanto quei tre, sani e colorati, le spiavano dalla porta, ma non si facevano vedere.

Passati quattro giorni, la ragazza disse: – Prepariamoci, Vostra Eccellenza: domenica arrivano i suoi tre figli! – L'Imperatrice piangeva dalla gioia e di speranza, e mandò la ragazza a invitare tutti i signori e le signore che conosceva a palazzo, e diceva: – Se me li fai davvero trovare, figliola, il piú grande sarà tuo marito!

Arriva l'ottavo giorno, arrivano gli invitati, i signori, i cavalieri, la fanteria, tutta la corte

dell'Imperatrice. – Ma dove sono i tre figli? – si sentiva dappertutto. L'Imperatrice fece vestire la ragazza di un vestito mai visto, e la prese a braccetto, e la mostrava a tutti. – Ma dove sono i tre figlioli? – si sentiva.

Ed ecco, si apre una porta, e appaiono i tre figlioli: immaginate che gioia! La banda si mette a suonare, e arriva di corsa il cappellano per fare il matrimonio della ragazza e del figlio piú grande, che era anche lui Imperatore. E si fecero delle nozze tanto grasse, che cosí mai se ne è viste: ma a me toccò succhiare un porro triste.

La vecchia nell'orto

In un anno di magro raccolto, due comari si dissero nell'orecchio.

– Andiamo a prendere qualche cavolo in quell'orto?

– Ma se c'è qualcuno di guardia?

Una si affacciò, e vide che non c'era nessuno. Allora le due donne entrarono nell'orto, e presero due fasci di cavoli maturi, e se ne andarono a mangiarseli. E siccome erano buonissimi, e non erano costati niente, il giorno dopo tornarono a prenderne altri due fasci, e cosí avanti.

Quando la padrona dell'orto andò a vedere le sue proprietà, scoppiò la lagna: – Cielo amarissimo, qualcuno me li mangia tutti! Attaccherò un cane alla porta, e quando verranno i ladri faranno la conoscenza...

Il giorno dopo, ricomincia la musica delle due donne: – Andiamo all'orto, a prender cavoli?

– Ma non hai visto che c'è un cane occhi-di-diavolo?

– Poco importa: compriamo una crosta di pane secco, e gliela tiriamo: poi faremo quello che vorremo! – Cosí fecero: prima che il cane si mettesse ad abbaiare gli lanciarono il pane secco, e quello zitto zitto a mangiarselo, e loro presero i cavoli in pace.

Quando tornò la padrona, e vide il fatto, disse la sua opinione alla bestia: – Ah, glieli hai lasciati prendere, cane-marrano, cane-ciuco! Non sei buona guardia, vattene! – E alla porta legò un gatto, e si nascose in casa, aspettando che quello facesse «miao, miao», per correre fuori a benedire i ladri di cavoli.

Il giorno dopo: – Comare, andiamo a cavoli?

– Ma c'è il gatto!

– Il gatto? E che importa? Adesso ti spiego come faremo...

Dopo la spiegazione, fecero: portarono un soldo di polmone, e prima che il gatto facesse miao miao glielo gettarono, e lui accettò, e zitto mangiò, e loro colsero cavoli con onore.

La vecchia, quando vide il fatto, spaccò la testa al gatto, e poi: – Ora ci metto un gallo: questo lo sentirò, e verrò a parlare con i ladri della mia roba... – E ci mise un gallo di cresta alta.

Il giorno dopo: – Andiamo a cavoli, comare?

– E quel gallo crestaiolo?

– Ora t'insegno...

Poi presero del becchime, lo gettarono al gallo, e mentre lui beccava quello, loro presero i cavoli con le belle maniere. Poi, quando furono andate, il gallo fece «chicchirichí!» Venne la padrona di corsa, e vide che i ladri gliel'avevano fatta ancora: tirò il collo al guardiano e lo mangiò, ma le andò di traverso.

Allora chiamò un contadino e gli disse: – Pietro, scava una buca lunga come sono io.

– Fuori del cimitero? – chiese quello. – La mano ti paga, la bocca non spiega, – lei disse, e il contadino scavò. Allora la vecchia entrò nella buca, e si fece ricoprire di terra, tranne l'orecchia destra, che restò all'aria.

Il giorno dopo, visto che non c'erano bestie a fare la guardia, le due vecchie vennero a prendere cavoli, e tornando indietro videro l'orecchia. – Guarda che bel fungo rosato, – disse una, e si chinò, e tira tira, con uno strattone cavò la vecchia fuori, che già strillava: – Ah, siete voi che mi tosate l'orto! Ora vi spiego i numeri dispari!

Le due scapparono, ma una era gravida e pesante, e la vecchia l'acchiappò, e le disse: – Adesso ti mangio viva! – E quella: – No, per favore: prometto che, quando chi mi nasce avrà sedici anni, lo manderò da te, e sarà tuo! – La vecchia ci pensò, e poi la lasciò andare, dicendo: – Mangiati questi cavoli, ma ricorda la tua promessa!

La poveretta andò a casa, e raccontò all'altra della sua promessa, e quella rispose: – E io che ci posso fare? – Dopo due mesi nacque una femminella, e la madre l'accarezzava e piangeva: – Ah, poverina: adesso ti do la mammella, ma prima di essere donna sarai mangiata... – E per anni e anni si tenne quel dolore.

Quando la ragazzina ebbe sedici anni, uscí per prendere dell'olio, e incontrò la vecchia che la guardò e disse: – Bella carne, di chi sei figlia?

– Della Sabedda, signora anziana.

– Allora, quando torni a casa, dille questa sola parola: «la promessa». Intanto pigliati questi fichi dolci, e ingrassa con gioia...

La ragazzina tornò a casa. – Madre, quella vecchia dei campi mi ha detto di dirti questa parola: «la promessa» –. La donna scoppiò a piangere. – Madre, perché piangi?

– Niente, niente. Ma se domani incontri quella vecchia, dille queste parole: «Comare, quel che è promesso, prenditelo adesso».

La ragazzina, il giorno dopo, andò per l'olio, e incontrò la vecchia. – Che disse tua madre? – le chiese quella.

– Disse di dirti: «Comare, quel che è promesso, prenditelo adesso».

– Allora vieni con la nonnina, figliola, che ti darò tante belle cose –. E la vecchia prese la ragazza, la chiuse in casa e le disse: – Mangia quello che c'è, che piú ne mangi, piú io sono contenta!

Dopo un po' di tempo, la vecchia tornò per vedere se era ingrassata, e per un buchino della porta disse: – Bella di dentro, porgimi il ditino! – La ragazzina, nata furba, prese un topo, gli tagliò la coda e passò la coda dal buchino. – Ma come sei magra, figlia mia: mangia, mangia, per la tua nonna, fammi felice!

Passò altro tempo, torna la vecchia. – Esci, figlia mia, fatti guardare! – Quella esce, e la vecchia, fregandosi le mani: – Che ciccia d'oro sei! Vieni, andiamo al forno a fare il pane!

– Va bene, nonna, il pane lo so fare!

Vanno al forno, e quando il pane è impastato, la ragazza accese il forno e poi lo ripulí per bene. Disse la vecchia: – Metti il pane, bellina di bocca! – A quel punto la ragazza crucciò la fronte, e disse: – Ma io non so infornare! Io so impastare, io so accendere il forno, e lo so pulire come si deve, lo hai visto: ma infornare no, mi sono scottata quando ero piccola.

La vecchia disse: – Inforno io, tu passami il pane –. E infornò, e poi: – Ora prendi il lastrone, che chiudiamo il forno.

– Ma io non so portare il lastrone, nonna: è troppo pesante!

– E allora lo prendo io! – Ma appena la vecchia si chinò per prendere il lastrone, la ragazza le diede una testata da montone nel sedere e la mandò nel forno, poi sollevò il lastrone e lo chiuse, e quella dentro finí subito di strillare.

Allora la ragazza tornò a casa, e la madre gridò: – Gesú, sei viva?

– Dovrei essere morta? – disse la ragazza, e l'abbracciò, e le raccontò ogni cosa, poi andarono alla casa della vecchia, e ci rimasero da padrone. E avevano sempre la pancia piena: io, invece, se ho pranzo non ho cena.

Il povero calzolaio

Un povero calzolaio aveva tre figlie femmine e una moglie, e cosí poco lavoro che un giorno decise di andare ad annegarsi nel fiume Belice: ma mentre stava per buttarsi in acqua, si avvicinò la Sorte e gli chiese: – Che stai facendo, uomo?

– Mi annego, perché sono pieno di sciagura.

– Ma no, non ti annegare: prendi questo temperino: quando sarai in giro a raccogliere erba, sotto ogni pugno d'erba che taglierai, troverai una moneta da due soldi.

Lui le credette, prese il temperino, e andò subito a tagliare erba: e davvero ogni volta trovava due soldi, ed era strafelice. – Trallallero, trallallicco, sono ricco! – cantava.

Passò vicino al convento, e i frati gli chiesero: – Compare Peppe, com'è che sei allegro? Di solito non ti bastano gli occhi per piangere! – E lui, di buon umore, entrò e raccontò tutto, e fece vedere il temperino.

Allora i frati fecero consiglio e decisero: – Troppo fieno fa male al ciuco: quel temperino, prendiamolo noi! – Allora dissero al calzolaio: – Fermati a cena, – e gli dettero tanto da mangiare e da bere che non capiva piú dove fosse il cielo e dove la terra. Intanto loro presero dalla sacca il temperino e gliene misero uno uguale. Poi, lui tornò a casa, cantando: – Trallallero, trallallicchi, moglie cara, siamo ricchi!

– Che dici? Dove sei stato? Che hai fatto? – disse la moglie, e la figlia: – Stamattina papà è matto! – Lui allora disse: – Venite con me, che vi faccio vedere una meraviglia!

Lo seguirono nel campo, e lo guardarono strappare erba: ma di monete certo non ne trovò. E loro un po' ridevano, un po' gli dicevano malegrazie, e lui si disperò tanto che decise di morire annegato, e tornò al fiume. Ma là trovò ancora la Sorte, che disse:

– Che fai?

– Mi annego!

– Ma no, che io ti voglio aiutare: prendi questo asino: ogni bastonata che gli dai, lui ti farà da dietro un mucchietto di denari.

Il calzolaio prese l'asino, e gli diede una bastonata: e da dietro cadde moneta. Altre bastonate, altre monete. Peppe era allegro come uccellin all'alba, e passò cantando al convento.

– Che canti, Peppe? – gli chiese il frate guardiano, e lui raccontò ogni cosa, e fece vedere cosa cadeva per terra se si bastonava la bestia. Allora i frati fecero consiglio, e dissero: – Quell'asino starà meglio nella nostra stalla, – e invitarono Peppe a cena, e lui accettò. Mangiò e bevve, tanto che non sapeva dove aveva la testa e dove i piedi, e intanto i monaci cambiavano l'asino con un altro. Poi Peppe tornò a casa, molto allegramente.

– Moglie, siamo ricchi! – gridava. – Eh, l'abbiamo già sentito! – rispose la moglie. – Moglie, stendi a terra le lenzuola belle, che te le riempio d'oro! – La moglie non voleva, ma lui lo ripeteva, e cosí furono stese le belle lenzuola, e sopra ci andò l'asino. Peppe prese a bastonarlo, finché la povera bestia mollò tutto quello che aveva in pancia, e che non era oro né per il colore né per l'odore.

Allora moglie e figlia presero a bastonate il calzolaio, tanto che lui scappò al fiume per annegarsi.

– Che fai, qui di nuovo? – gli chiese la Sorte. – Basta, mi annego! Non voglio piú niente! – lui gridava. Ma la Sorte gli disse: – Dammi retta la terza volta, che è quella buona: prendi questo sacco, che contiene quattro bastoni, portali al convento, dove certo si tengono la buona roba, e di' ai frati: «O mi date temperino e asino cacasoldi, o vi faccio la testa come un pancotto», e se non te li danno, tu di': «Quattro di bastoni, alla guerra!», e per far smettere, di': «Quattro di bastoni, nel sacco!»

Il calzolaio andò al convento. – Datemi il temperino e l'asino cacasoldi! – disse, ma i monaci ridevano e parlavano in latino. Allora il calzolaio disse: – Quattro di bastoni, alla guerra! – e dal sacco uscirono quattro bastoni robusti, che cominciarono a picchiare i frati davanti e didietro, e quelli scappavano di qua e di là, ma i bastoni volavano e continuavano a bastonare. – Basta! Basta! Ti daremo quello che abbiamo preso! – gridarono i frati, e il calzolaio disse: – Quattro di bastoni, nel sacco! – I quattro bastoni tornarono nel sacco come serpenti nella tana.

I frati restituirono il rubato, e il calzolaio

andò a casa, e gridò: – Stendi il lenzuolo, che questa volta piove l'oro! – La moglie non voleva, ma lui disse: – Stendi il lenzuolo, se no sono bastonate! – e lei lo stese: e questa volta l'asino sparse ricchezza. E moglie e figlia ballavano di gioia attorno, e dicevano: – Marito, come sei bello! Papà, mio bel tesoro! – e fecero una festa di tanti giorni, con tutte le bontà: invece a noi nessuno ne dà.

Pietro il fattore

C'era una volta il garzone di un fattore: a forza di risparmi si comperò dodici pecore. Ma la fatica ammazza, e il garzone morí, lasciando le pecore al suo figliolo, di nome Pietro. Anche il ragazzo, come il padre, lavorava nelle stalle del fattore. Un giorno questo fattore, che non aveva altre distrazioni che gli scacchi, gli disse: – Pietro, giochiamoci a scacchi una pecora.

– Ma le mie pecore sono già tue, padrone, – disse Pietro. – Su, giochiamo per giocare! – E allora si fece la partita, e vinse Pietro.

Il padrone disse: – Facciamo un'altra partita, per due pecore –. E Pietro vinse

anche la seconda partita. – Giochiamoci quattro pecore, – e Pietro vinse. – Giochiamoci otto pecore, – e Pietro vinse anche quelle. – Giochiamone sedici, – e Pietro sempre vinceva: alla fine della notte, Pietro aveva vinto tutte le pecore e le capre del padrone.

– Giochiamoci il raccolto di domani, – disse il padrone, ma Pietro rispose: – Padrone, io sono solo un ragazzo... – E il padrone disse: – Figliolo, l'anima a Dio, la roba a chi la merita: giochiamo.

La sera dopo, guarda come punge il diavolo, il padrone richiamò Pietro: – Facciamo un'altra partita: io gioco una vacca e tu otto pecore –. Giocarono, e vinse Pietro. – Giochiamoci due vacche –. Pietro disse: – Padrone, apri gli occhi: questo è solo un gioco –. Ma il padrone rispose: – Gli angeli volano e cantano, gli uomini si scambiano la roba: su, giochiamo! – Giocarono, e vinse Pietro. E alla mattina, per farla breve, Pietro aveva vinto tutte le vacche del padrone, e la sera dopo, pensa come il diavolo ha la coda lunga, Pietro vinse tutti i muli, i cavalli e le giumente.

– Ora voglio giocarmi tutta la terra, – disse il padrone.

– Ma no, che è solo un gioco.

– Ragazzo, i santi pregano in cielo, gli

uomini giocano in terra! – E giocarono tre partite: chi ne vinceva due vinceva tutto. E Pietro vinse la prima, e vinse la seconda: e la terza non occorreva giocarla.

Il vecchio disse: – Ecco, non ho piú niente. Mi prendi per tuo garzone, padron Pietro?

– Sí, se ti accontenti, – gli rispose Pietro.

E cosí fecero. Il vecchio, che era buon fattore, scendeva a Palermo a comperare il necessario per la fattoria, e un giorno vide attaccato al muro un avviso, che diceva: «La figlia del re di Spagna si vuole maritare: ma solo con quello che la batterà a scacchi». Il vecchio frustò il somarello su per la collina, e portò la notizia a Pietro. E Pietro non ne voleva sapere, ma il vecchio gli disse: – Va', Pietro, che tu vinci di sicuro!

Allora Pietro, vestito da contadino, scese a Palermo, e andò da un argentiere, e si fece costruire una scacchiera d'oro e d'argento, e anche i pezzi erano d'argento e d'oro. Quando fu pronta, si fece fare un passaporto e partí per Napoli. Quando arrivò a Napoli, dopo aver mangiato, si stese in campagna sotto un fico a riposare. Mentre dormiva, passarono tre fate.

– Guardate che bel giovane!

– Pelle bianca come la panna!

– Come dorme bene: sembra sulle piume!

E gli giravano attorno tutte piene di gioia e d'ammirazione. Alla fine, dissero: – Noi ce lo siamo ben guardato: dobbiamo lasciargli un dono! – La prima gli lasciò vicino una borsa: tutte le volte che la si apriva, era piena di denari. La seconda gli lasciò una tovaglia: ogni volta che era aperta e stesa, si copriva di cibo per tutte le persone presenti.

La terza gli lasciò un violino, che faceva ballare anche chi non voleva ballare.

Pietro si svegliò, e disse: – Che strano sogno: c'erano tre fate, e una mi dava una borsa, una una tovaglia, e una un violino...

Si volta, ed eccoli lí. Allora fece una prova: prese la tovaglia e la stese: ed ecco carne, costate, salsicce, dolci e frutta: un piatto

andava, l'altro veniva: e lui mangiò e mangiò, finché ebbe la pancia come una zampogna.

Poi si mise tutto in spalla, e cammina cammina, arrivò a un punto dove partivano due strade, e lui non sapeva da che parte andare. C'era lí un guardiaporci, con una ventina di maiali a pascolare. – Amico, da che parte si va per la Spagna? – gli chiese Pietro. E quello, sgarbato: – Io penso ai miei porci, e non regalo parole!

Pietro, arrabbiato, prese il violino, e zin zin zin, si mise a suonare: e quello, con tutti i porci attorno, ballò tanto che quasi moriva. – Basta! Basta, compare, per carità! La strada per la Spagna è quella!

Pietro smise di suonare, e cammina cammina, eccolo in Spagna, e si mise a girare la città per trovare il palazzo del re: e quando lo ebbe trovato si avvicinò alla sentinella del portone. – Che vuoi? – disse quella. – Entrare nel palazzo per giocare a scacchi con la figlia del re! – rispose Pietro. – Ma vattene, villano! – disse la guardia.

Allora Pietro si mise a gridare le sue ragioni, e che c'era un bando che diceva cosí e cosí, e fece tanti strilli che quelli del palazzo si affacciarono. – Che c'è?

– Un bifolco, che vuole entrare!

– E perché vuole entrare?

– Per giocare a scacchi con la principessa!
– Fallo passare, che il bando è per tutti!
Pietro salí, e il re lo ricevette. Poi venne la principessa con la sua scacchiera: lo guardò e disse: – Avanti, che mi levo il pensiero.
Ma Pietro prese la scacchiera di legno della principessa, e la gettò dalla finestra: poi tirò fuori la sua d'oro e d'argento. La principessa pensava: «Questo non è villano come sembra».
Si divisero i pezzi: quelli d'oro per lei, quelli d'argento per lui, e si misero a giocare e a rigiocare, e Pietro stava vincendo di fino: allora lei, con la mano sinistra, gli diede un pizzicotto nel sedere: lui si voltò per vedere chi pungeva, e lei con la destra cambiò posto a un pezzo di Pietro: cosí vinse la partita.
– Hai perso! Portatelo in prigione! – disse la principessa: e Pietro fu portato in prigione, dove trovò ventiquattro figli di re, che avevano perso agli scacchi, piú altre decine di principi. E appena lo videro entrare, cominciarono a prenderlo in giro per i suoi abiti e i suoi capelli, per le sue scarpe e le sue mani. E lui: – Buoni, signori miei, o vi faccio ballare! – Quelli non lo ascoltavano; e lui prese il violino, e zin zin zin, tutti ballavano da perdere il fiato.

– Basta! Basta! Smettila, buon compare! Basta!

Quando furono ben cotti, lui smise di suonare, e loro, preso fiato, diventarono suoi buoni amici, e tutti insieme si raccontarono le storie, e si faceva un gran ridere e scherzare.

– Cos'è questo schiamazzo? – chiese la figlia del re.

– Da quando il villano è in carcere, laggiú è scoppiata l'allegria! – risposero le guardie.

– Ah sí? Allora, non portate piú niente da mangiare!

E cosí fu. Le pance dei prigionieri cominciarono a brontolare, e le bocche ancora di piú.

– Facciamo un gioco, – disse Pietro.

– Che gioco?

– Una conta: e a chi tocca, dovrà far venire cibo di bontà per tutti quanti!

– Che gioco strano: ma facciamolo, tanto per distrarci! – dissero i principi.

Pietro contò, e guarda caso, alla fine toccò a lui: allora disse: – Signori, facciamo come ai banchetti: sedetevi al tavolo, e aspettate –. Quelli, un po' ridendo un po' no, si misero al tavolo, che era piú liscio del mare di luglio.

Allora Pietro tirò fuori la tovaglia, la stese:

e subito apparvero caciotte per trenta, ricotte per quaranta, zucchine fritte, cetrioli, carne, vino, pane, persino gelato con caffè: e quelli non credevano con gli occhi, ma con le bocche mangiavano, e ce ne fu anche per le guardie, che poi, siccome gli sbirri sono sbirri, andarono a raccontare tutto al re e alla figliola.

– Portatemi qui il villano, – disse la principessa, e quando lui fu lí, gli chiese: – Come hai fatto a fare quel banchetto, giú in prigione? – E lui: – Perché ho una tovaglia cosí e cosí... – E lei: – Giochiamocela a scacchi: se vinco me la dai, se vinci mi sposi.

Cominciò la partita e Pietro vinceva: ma lei gli diede un pizzicotto con la mano sinistra, e mentre si voltava, lei spostò un pezzo, e vinse. Pietro fu riportato in prigione, e i suoi amici: – Ah, ti sei fatto imbrogliare ancora!

– È stato un pizzicotto: ma adesso divertiamoci, e poi vedremo.

E ricominciarono: feste da ballo, musica, giochi.

– Cos'è questo baccano? – chiese la principessa.

– Sono i prigionieri: gente piú allegra, al mondo non ce n'è! – le risposero. – Hanno un violino che fa ballare!

– Ah, portate qui il villano! – e quando lo ebbe, gli disse: – Con cosa fate festa, là sotto?

– Col mio violino e la borsa dei denari –. E lei: – Giochiamoceli tutti e due: se vinco li prendo, se vinci tu, mi sposi.

E fecero la partita, e Pietro fece in modo che lei restasse con un pezzo solo. Poi, quando lei mise la mano sotto per dargli il pizzico, lui gliela prese e la tenne sulla scacchiera, e disse: – Gioca –. Lei strillava, ma il re, che era lí a guardare, disse: – Figlia mia, ben ti sta: gioca come devi giocare! – Lei gioco e perse: e furono preparate le nozze.

Pietro scrisse al vecchio fattore: «Compare, ho vinto a scacchi la figlia del re: state in pace, e padrone dei miei beni, perché io non ne ho piú bisogno».

Poi fece liberare i principi dalle prigioni, e si fecero le nozze, e tutti ballarono e si divertirono come ebbero voglia: e a me diedero da mangiare una foglia.

L'argentiere

Una vedova aveva due figli maschi e una femmina: i maschi la mantenevano col loro lavoro.

Un giorno, per svagarsi, i figlioli andarono a caccia, e tornarono a casa con un uccello mai visto: aveva sette colori nelle piume e una corona di penne in testa.

– Mamma, tienilo in gabbia: e attenta che non scappi! – dissero i figli, e lei gli diede da mangiare le cose che gli uccelli mangiano. Il mattino dopo, quando andò a pulire la gabbia, invece di quel che si aspettava, trovò perle, diamanti, pietre preziose. Aprí la bocca per lo stupore, e poi la richiuse, e andò con quelle bellezze da un gioielliere.

– Quanto mi dai per questa roba? – gli domandò.

Quello guardò, scrutò, pesò, e poi disse: – Trecento monete.

– Dammi quelle, e tieniti questi, – disse la donna, e tornò a casa col gruzzolo che le ballava in tasca.

Il mattino dopo, nella gabbia, altro bello spandimento di diamanti, brillanti, perle finissime. La donna andò dal gioielliere e glieli vendette, e lo stesso avvenne il terzo giorno, e il quarto: finché il gioielliere, curioso di quella ricchezza, le domandò: – Mia buona comare, come fate ad avere queste belle cose? – E lei gli disse che aveva un uccello cosí e cosí, e che le faceva quel bendidio ogni mattina. E il furbone: – Davvero? E di figlie femmine, ne avete?

– Ma sí, una –. E l'argentiere, nel discorso: – Io sono scapolo, e cosí triste: non mi dareste in moglie la vostra figliola?

– E perché no? – disse la buona donna.

Passò una settimana, e le nozze furono fatte. Intanto la donna non diceva niente ai suoi figli delle pietre preziose. E l'uccello sempre ne faceva, ma il gioielliere, che aveva sperato di riempirsene le tasche, non ne vedeva nemmeno l'ombra. Una mattina, spinto dai diavoli dell'invidia, prese l'uccello e gli fece la festa.

Quando la vecchia vide la cosa, si mise le mani fra i capelli, e piangeva: – Ora dove mi nascondo? Quando tornano i miei due figli, mi appenderanno per la gola! – E l'argentiere consigliò: – Quando verranno, suocera cara, di' che è stato il gatto a ammazzare l'uccello. E per consolarli, vai al mercato a prenderne uno uguale, e mettilo nella gabbia.

Lei cosí fece, e quando tornarono i figli, e le chiesero come stava l'uccello colorato, lei disse: – Il gatto della vicina ce l'ha stecchito: ma ne ho preso uno al mercato, che ha colori belli come i suoi, e l'altro è in pentola che bolle!

I figli gridarono di rabbia, rovesciarono le sedie e il tavolo, e andarono in cucina: uno, il maggiore, mangiò la testa dell'uccello morto, il minore il fegato: poi se ne andarono via sbattendo la porta.

Cammina cammina, i due fratelli arrivarono alle mura di una grande città. Ma prima, il maggiore andò in un cespuglio, a fare un bisogno di corpo: fece, sentí strano, guardò, e di dietro c'era una borsa piena d'oro. Allora la prese, ed entrò nella città: ma appena dentro le guardie dissero: – Tu, fermo!

– Perché?

– Chi entra primo stamattina, deve essere re! – E fu fatto re.

Intanto il secondo fratello entrò in città, e non trovava piú l'altro: cerca qui, cerca piú avanti, entrò in una locanda, a chiedere: e dato che sentiva bisogno di scaricamento, andò nel posto, e fece, e sentí strano, e guardò: ed eccogli un mucchietto d'oro e d'argento che luccicava, bello bello. Cosí prese bei vestiti, bella casa, bei pendagli, catene, spille, e si fece cavaliere, una delizia da guardare.

Davanti a lui stava una ragazza, con una vecchia cameriera: i due giovani si misero a far chiacchiere, e smorfie, e poi si fidanzarono. E lui spendeva e gettava, e lei moriva di curiosità, e gli limava le orecchie con moine e domande, finché quel ciucciolone le rivelò il segreto, e lei lo disse alla vecchia, che consigliò: – Fatti venire un finto mal di pancia, e digli che vuoi bere l'acqua di Montepellegrino. Quando te la porta tu fingi di berla, ma non la bevi: invece ci cuoci il cibo per lui: cosí lui vomiterà il fegatello miracoloso, e tu lo mangerai, e produrrai tanto oro da far felice il mondo...

Allora, le cose andarono proprio cosí: e la ragazza faceva fortuna, mentre il giovanotto impoveriva, e intristiva, e arrivò a minacciare di ucciderla, se lei non gli ridava quel fegatino di gallo.

La ragazza cercò consigli dalla vecchia, ed ebbe questo: – Fagli mangiare una certa erba che c'è nel prato della fontana rossa: diventerà un asino, e raglierà al vento.

Il giorno dopo, la ragazza suonò questo violino: – Giovanni mio caro, perché sei cosí freddo con me? Tu sei un po' arrabbiato, ma io ti voglio il solito bene. Vieni, andiamo in gita alla fontana rossa, che oggi splende il sole piú del solito... – E lui ci andò, e lei raccolse l'erba, e fece per lui un'insalata, lui la mangiò: ed eccolo fatto ciuco, e ragliava al vento. Lei lo lasciò lassú: ma la fortuna gli mise sotto il muso un'altra erba magica, e mangiandola ritornò giovanotto.

– Adesso la vediamo, – disse: e raccolse un po' di quell'erba che fa somari, e un po' di quella che fa cristiani, e partí, e tornò alla locanda. Lei lo vide, e stava per morire dallo spavento, ma lui le disse cose tenerelle, e lei gli credette. Dopo due giorni, lui le fece un'insalata di quell'erba, lei la mangiò, e divenne somaro femmina. Lui le fece bere nella vasca l'acqua di Montepellegrino, e il fegatello incantato fu vomitato, e ritornò nello stomaco del giovanotto: e cosí l'oro usciva da lui come prima.

Quanto all'asinella, con una cavezza portava farina al mulino, e scacciava mosche con la coda.

Un giorno, passando sotto la sua casa, ragliò da piangere. La vecchia cameriera la riconobbe. Disse: – Povera mia padrona! Ci penso io! – Andò al palazzo reale, e raccontò tutto al re, che fece chiamare il mugnaio, e finse di non riconoscerlo come fratello.

– O tu, perché hai cambiato in asina questa ragazza?

– Ah, sua maestà non sa... – e il giovanotto raccontò il fiume delle sue disgrazie.

– Ma tu, non mi riconosci? – disse alla fine il re.

– No, maestà.

– Ma non vedi che sono tuo fratello?

– Tu! Fratello mio! – E baci, e abbracci, immaginatevi quanti.

Alla fine di tutto quel festeggiamento,

disse il re: – Ora facciamo giustizia, va a prendere l'erba che guarisce –. Il giovanotto obbedisce, va, torna, l'asinella mangia, ed eccola ancora ragazza: ma stavolta tutta pentita per quello che aveva fatto.

– Allora sposati il mio fratello, e tanta felicità, – disse il re, e mandarono a chiamare la madre, e vissero da re e da principi nel gran palazzo, e mangiavano la mattina e la sera: e piú mangiavano e piú ce n'era.

Le figlie del raccoglitore di cavoli

Zio Peppe, raccoglitore di cavoli, aveva tre figlie filatrici. Quando il padre morí, le ragazze restarono sole, e chiacchieravano ad alta voce. Passava di lí il re, e si mise ad ascoltare: sentí la maggiore che diceva: – Se io fossi moglie del Vivandiere del re, con un bicchier d'acqua darei da bere a tutta la corte, e ne resterebbe ancora! – E la seconda ragazza diceva: – Se fossi moglie del Conservatore del re, io con un rotolo di panno vestirei tutta la servitú, e ne resterebbe ancora –. E la piú piccola diceva: – Se io fossi moglie del re, gli farei tre bambini: due maschi con un pomo in mano e una femmina con una stella in fronte.

Il re, la mattina dopo, le fece chiamare tutte e tre a palazzo: ed erano molto impaurite. Ma lui disse: – Cosa dicevate, ieri sera, a casa vostra? – E la grande disse la faccenda dell'acqua. Il re disse: – Portate un bicchiere d'acqua! – Lo portarono, e lei diede da bere a tutti, e ancora ne rimaneva. – Brava! Sposerai il Vivandiere di corte! – disse il re. Poi chiese alla seconda: – E tu, cosa dicevi? – Lei ripeté la faccenda della stoffa. – Portate un rotolo di stoffa! – ordinò il re, e lei tagliò vestiti per tutta la servitú, e ne rimase ancora. – Brava! Sposati il Conservatore! – disse il re.

Toccava alla piú giovane. – Tu, che dicevi?

– Maestà, che se io fossi moglie tua, ti farei due figli maschi con un pomo in mano, e una femmina con la stella in fronte.

– Se sarà vero, sarai regina: se non sarà vero, morirai, – disse il re, e la sposò.

Passarono pochi giorni, e le due sorelle grandi dicevano: – Come? Lei regina, e noi serve! – E covavano l'odio sotto la pelle.

Passarono pochi mesi, e la moglie del re rimase incinta: ma due mesi prima del parto scoppiò una guerra, e il re dovette partire. Chiamò un uomo fidato, e disse: – Quando mia moglie partorirà, se sono maschi col pomo in mano e femmina con la stella in fronte, trattatela da regina: se non sono quelli, avvertitemi, e io vi dirò che fare.

Partí il re, e venne il tempo di partorire. Le sorelle, invidiose piú che mai, pagarono la levatrice, e le dissero di nascondere i bambini, e mettere al loro posto tre cagnolini. Quando la moglie del re partorí, e fece due maschi con il pomo in mano e una femmina con la stella in fronte, la levatrice li nascose, e mise i cagnolini. E l'uomo fidato mandò la notizia al re, che rispose: – Trattatela bene per quindici giorni, poi mettetela a far girare la macina.

Intanto la levatrice, coi tre piccolini, andò in campagna e li lasciò abbandonati a morire: ma passarono tre fate, li videro, li ammirarono, si rallegrarono. – Voglio fare un dono a questi tesori, – disse una: e fece venire una cerva ad allattarli. – E io lascio qui una borsa che, quante volte l'apri, sempre denaro scopri –. E la terza disse: – Io lascio un anello che, se a uno dei tre capiterà disgrazia, cambierà colore.

La cerva allattò e protesse i piccolini, che crebbero robusti. Quando furono grandicelli, dissero alla cerva: – Siamo cresciuti, lasciaci andare in città –. E lei rispose: – An-

date, e mettetevi in una casa di fronte a quella del re –. Cosí andarono in città: denaro ne avevano, presero in affitto una casa bellissima, proprio di fronte alla reggia: e tenevano cavalli, carrozze, bellezze, come principi veri.

Le zie, appena li videro sani e ricchi, li riconobbero, e chiamarono la levatrice, mezza strega, e le dissero: – Tu, invece di ammazzarli, li hai lasciati crescere: e guarda in che lusso. Tocca a te fare qualcosa, o perdi la testa!

La vecchiaccia si mise a spiare i tre giovani, e quando vide che i fratelli erano usciti, andò alla casa, e bussò, e disse alla ragazza: – Bel fiore! Come sei bella! E sei contenta, vero? Ma se vuoi essere davvero felice, dovresti farti portare dai tuoi fratelli l'acqua che balla! – E se ne andò.

Quando tornò un fratello, la ragazza co-

minciò: – Se tu mi volessi bene, andresti a prendermi l'acqua che balla!

– Ci vado subito, sorellina, – rispose il fratello, e partí dopo un'ora a cavallo. Poco dopo incontrò un eremita, che gli domandò: – Dove vai, cavaliere?

– A cercare l'acqua che balla.

– Allora vai alla morte: ma va avanti, che ce n'è uno piú vecchio di me! – Il giovane andò, ed ecco un eremita dalla barba bianca. – Dove vai, cavaliere?

– A cercare l'acqua che balla.

– Ah, tu vai alla morte! Ma ascolta, se proprio vuoi andare: vedi quella montagna? Sali in cima, e troverai un gran prato, e in mezzo al prato una casa con un portone bello: davanti al portone stanno quattro giganti con le spade in mano: attento allora! Se hanno gli occhi chiusi, non passare: quando li hanno aperti, tu passa. Il portone, se è aperto, non entrare: se è chiuso, spingilo e entra. Poi ci sono tre leoni: se dormono, non passare, se sono svegli, passa: dentro troverai l'acqua che balla.

Il ragazzo salutò

il vecchio, e spinse il cavallo verso la montagna: intanto la sorella, a casa, guardava l'anello, e siccome l'anello non cambiava colore, era tranquilla.

Il cavaliere fu in cima al monte: vide il prato e la casa e i quattro giganti. Avevano gli occhi chiusi, e il portone era aperto: ma lui ricordò il consiglio, e non si mosse. Quando i giganti aprirono gli occhi e il portone si chiuse, lui spinse ed entrò. Ecco i leoni: dormivano. Lui rimase fermo. Si svegliarono, e lui passò. E finalmente vide l'acqua che balla, e ne riempí tre bottiglie. Poi, sempre attento agli occhi aperti e chiusi, tornò fuori, e cavalcò e cavalcò, finché arrivò a casa. Abbracciò e baciò la sorella, poi presero due boccali d'oro e ci misero l'acqua che balla: e l'acqua saltava allegra da un boccale all'altro.

Le zie, da lontano, videro tutto. – Ah come ha fatto quello a prendere l'acqua incantata? – Chiamano la vecchiaccia e la minacciano di brutta morte se non mette rimedio. Lei, allora, torna dalla ragazza, con questa cantilena:

– Oh, vedi com'è bella l'acqua che balla? Ma ora, per essere felice davvero, ci vuole il pomo che suona! – E gettato quel seme, se ne va.

Quando arrivò il secondo fratello, la ragazza disse: – Se mi vuoi bene, portami il pomo che suona!

– Sorellina, vado e te lo porto! – E il giovanotto montò a cavallo, e partí: ed ecco che incontrò quel primo eremita. – Dove vai, cavaliere?

– A cercare il pomo che suona.

– Allora cerchi guai: ma piú avanti ce n'è

uno piú vecchio di me –. E quando il giovane incontrò quello: – Dove vai cavaliere?

– A cercare il pomo che suona.

– È pericoloso: ma fai quello che dico. Sali su quella montagna, attento ai giganti, al portone e ai leoni: quando troverai una porticina, ci sarà anche una forbicina. Se la forbice è aperta, passa: ma se è chiusa, non passare!

Il cavaliere andò sulla montagna, fu attento ai giganti, al portone e ai leoni, e trovò la porticina, e vide la forbicina: era chiusa, non passò: quando si aprí, lui passò: ed ecco un giardino di meraviglia, e un albero bellissimo, con un solo pomo in cima, splendente. Salí svelto, prese il pomo, scese, montò a cavallo, e via, in poco tempo arrivò a casa: e quel pomo faceva un suono che era una delizia, e si sentiva oltre sette muri.

Le zie, sentendo, morivano di rabbia. Chiamarono la brutta vecchia, e le dissero: – Questa volta, o fai, o muori! – E lei spiò, e quando i due fratelli non furono a casa, andò a visitare la ragazza. – Che bella l'acqua che balla! Che bello il suono del pomo! Ma se non hai l'uccello parlante, che felicità è?

Quella sera, quando tornò il fratello, disse la ragazza: – Vediamo se mi vuoi bene davvero: vammi a prendere l'uccello parlante!

– Vado, sorellina! – Il giovane montò in sella, e partí. Ecco il primo eremita. – Dove vai, cavaliere?

– A cercare l'uccello parlante.

– Finirai male: ma piú avanti ce n'è uno piú vecchio di me –. Ecco l'altro eremita: – Dove vai, cavaliere?

– A cercare l'uccello parlante.

– Ascolta: sali quella montagna, entra nel palazzo: troverai molte statue, e poi un giardino, e nel mezzo una bella vasca: sopra la vasca c'è l'uccello parlante. Se ti dice qualcosa, tu non rispondere: invece staccagli una piuma, bagnala nell'acqua della fontana e passala sulle statue. Questo è quello che devi fare: ma sta attento, o non potrai piú tornare!

Il giovane andò, passò, trovò il giardino, le statue e la fontana: ed ecco l'uccello, che gli disse: – Cavaliere, perché sei qui? Cerchi me? Ma non lo sai che le tue zie ti hanno mandato a morte, e che tua madre è alla macina?

– Cosa, mia madre alla macina? – disse il giovane: e subito diventò una statua come quelle del giardino.

Intanto, a casa, la sorella guardava l'anello; e vide che la pietra diventava grigia.

– Ah! – disse, e mandò a chiamare l'altro fratello, e lo mandò alla ricerca dell'uccello. Il fratello partí, e incontrò il primo eremita, il secondo, e salí il monte, entrò nel palazzo, trovò il giardino, le statue, la fontana, e l'uccello, che gli disse: – Non vedi dove è finito tuo fratello? E sai che tua madre è alla macina?

– Mia madre alla macina? – disse il giovanotto: e subito divenne statua anche lui: e a casa la pietra dell'anello si fece tutta nera.

– Ah! – disse la ragazza, e si travestí da giovanotto, e partí. E incontrò il primo eremita, e poi il secondo, che le diede gli avvertimenti. Allora lei salí il monte, trovò il palazzo, entrò: eccola nel giardino, vede le statue, e la fontana, e l'uccello che dice: – Eccoti qua! I tuoi fratelli son rimasti di sasso: lo sai o non lo sai che tua madre è alla macina? – Ma la ragazza non disse niente, e lo lasciava parlare. E lui parla e canta, parla e canta, alla fine cadde per terra: lei lo acchiappò, gli staccò una penna delle ali, la bagnò nell'acqua della fontana, e passò la penna sulla statua dei fratelli, che tornarono vivi: e poi fece lo stesso con le altre statue: e signori, cavalli, leoni, tutti ripresero vita, e le fecero grande festa. Poi se ne andarono: e appena furono usciti il palazzo sparí.

Tornati in città, fecero fare una catena d'oro per tenere l'uccello: e le zie, dalla finestra di fronte, vedendolo dicevano: – Ahi, l'hanno preso! – e si strappavano i capelli per il dispiacere.

Intanto, l'uccello disse: – Padroncina!

– Che vuoi, uccello?

– Chiama i tuoi fratelli!

– Eccoci, uccello. Che dobbiamo fare?

– Fate una carrozza piú elegante di quella del re. E poi altre ventiquattro carrozze, con cocchieri meglio vestiti di quelli del re –. Lo fecero: e vedendo quel ben degli occhi, le zie ingoiavano fiele.

Tornò il re dalla guerra: e quelle gli raccontarono le loro bugie sulla moglie e sui figli. Lui si affacciò, e vide quel gran palazzo. – Chi abita laggiú?

– Nessuno ci sta! – Ma lui volle andare: ed ecco vide i due ragazzi con il pomo in mano, e la ragazza con la stella in fronte, e pensava: «Ah, se non sapessi che mia moglie ha partorito dei cagnolini, direi che sono questi i miei figlioli!» E passeggiando passeggiando, si trovò vicino all'uccello. Quello gli disse: – Allora, maestà?

– Allora, uccello parlante, mi sembra che qui ci siano delle meraviglie!

– E ce ne sono di piú grandi ancora maestà! – diceva, e l'uccello chiamò i tre fratelli e disse loro: – Questo è il re: che ne dite di invitarlo a pranzo domenica?

– Certo: verrai, maestà?

– Ma sí, verrò.

E la domenica il re venne a pranzo a casa dei tre fratelli, e le cose che vide, e le ricchezze che aveva intorno, non le aveva mai viste da nessuna parte. Poi si misero a tavola, e tutti parlavano e scherzavano, tranne l'uccello.

– Perché non parli, oggi? – chiese il re.

– Maestà, sono malato. Ma verrò a pranzo da te domenica prossima, insieme ai miei padroni: vuoi?

– Certo che voglio! – disse il re, e la domenica dopo, la ragazza e i fratelli, eleganti come il sole, andarono al palazzo del re: e le zie stavano nascoste a rosicchiarsi le dita. All'ora del pranzo, il re disse: – Uccello, oggi parlerai? – E l'uccello si mise a cantare, e raccontò tutto quello che era avvenuto da quando lui era andato alla guerra, e cosí finí: – Questi sono dunque i tuoi figli, e tua moglie è alla macina, e sta morendo.

Il re abbracciò i figli e scese alla macina, dove la moglie, ormai pelle e ossa, stava morendo. Si inginocchiò e le chiese perdono, e la fece liberare. Poi chiamò le cognate e la vecchia levatrice, e chiese all'uccello:

– Uccello, tu che sai, dimmi la sentenza!

– La vecchia, giú dalla torre: le cognate, nell'olio bollente! – disse l'uccello, e cosí fu fatto: e gli altri si abbracciavano e baciavano, e l'uccello volò via. E ci fu una festa cosí grande, che si sentiva in tutto il mondo: a me diedero solo un rapanello tondo.

Fiabe regionali

Nelle fiabe non tutto può essere spiegato; anche se si ispirano al mondo reale, l'invenzione, il fantastico, il fatato contribuiscono a creare una situazione di mistero, dove gli animali e gli oggetti si animano e parlano, dove i personaggi a volte rimangono temporaneamente muti o prigionieri.

Nelle fiabe vi è «una bellezza che incanta e pericoli sempre in agguato, gioia e dolore affilati come spade»; vi è l'incontro, a distanza rassicurante, con i temi fondamentali della bontà e della cattiveria, della vita e della morte; inoltre per i protagonisti, apparentemente piú deboli, vi è il senso di poter intervenire sul proprio destino. Per questo le fiabe continuano a piacere.

È bello ascoltare il racconto di una fiaba; Pietro Clemente dice: «Abbiamo bisogno di racconti, e senza, ognuno è piú povero. Ce la prendiamo tanto con il televisore, ma è lui ormai che racconta storie nel nostro silenzio». Ma è anche bello immergersi da soli nella lettura di una fiaba, e costruire le proprie immagini, le proprie emozioni seguendo quelle che le parole creano nei momenti di paura, negli incontri di magia e nel trionfo finale. Le parole scritte, se seguono lo stile del narrare, mantengono la carica comunicativa del racconto. Perché questo avvenga abbiamo scelto le fiabe piú vicino possibile alla versione raccolta in originale o ci siamo anche fatti raccontare delle fiabe da persone che a loro volta le hanno udite, e che da anni hanno coltivato l'arte ed il piacere di raccontare.

Le fiabe, con strutture, personaggi e vicende simili si ritrovano in varie forme nella tradizione orale di molti paesi. Invece per quello che riguarda l'elaborazione degli «ingredienti» e le caratteristiche dello sfondo ambientale, rispecchiano i gusti di un luogo particolare e si presentano in un particolare linguaggio. La regione o il luogo dove vengono narrate se ne appropriano e le trasformano facendole divenire parte della propria cultura. È cosí che le fiabe diventano regionali e mantengono attraverso il tempo un sapore e dei saperi distinti.

Questo succede anche se la struttura narrativa ed i motivi che compaiono in varie combinazioni migrano da una regione ad un'altra. Cosí, vicino alle fiabe che piú distintamente hanno caratteri regionali, ve ne sono altre che variano di poco nel loro messaggio universale. Per esempio, Tredicino in una regione deve affrontare il lupo, in un'altra l'orco oppure, in un'altra ancora, il drago, ma in tutti i casi rimarrà costante il suo ruolo: Tredicino è il piú debole che si rivelerà il migliore, il piú giovane tra i fratelli ma quello che vincerà l'antagonista - lupo, orco o drago - e quello che riuscirà a sfamare, o perfino a coprire di monete d'oro, tutti i fratelli.

LELLA GANDINI

Indice

Fiabe siciliane

Einaudi Ragazzi

La collana dei piccoli

Roberto Piumini, *Mille cavalli*
Roberto Piumini, *Storie in un fiato*
Lella Gandini - Roberto Piumini, *Fiabe d'Italia*
Stefano Bordiglioni, *Un attimo prima di dormire*
Storie di streghe, lupi e dragolupi
Stefano Bordiglioni, *Storie per te*
Roberto Piumini, *Storie per chi le vuole*
Gianni Rodari, *La torta in cielo*
Roberto Piumini, *C'era una volta, ascolta*
Roberto Piumini - Emanuela Bussolati, *Fiabe per occhi e bocca*
Favole di Esopo
Roberto Piumini - Francesco Altan, *Mi leggi un'altra storia?*
Ingo Siegner, *Nocedicocco - Draghetto sputafuoco*
Oscar Wilde, *Il fantasma di Canterville*
Stefano Bordiglioni, *Una storia in ogni cosa*
Beatrice Masini, *Che fata che sei*
Vivian Lamarque, *Storie di animali per bambini senza animali*
Sabina Colloredo, *Storie vere di animali*
Lella Gandini - Roberto Piumini, *Fiabe da tutta Italia*
Nicoletta Costa, *Allumé - Storie di un cavallo*
Gianni Rodari, *Prime fiabe e filastrocche*
Stefano Bordiglioni, *Storie col motore*
Geraldine McCaughrean, *Grandi amori sull'Olimpo - Storie degli dei greci*
Véronique Beerli, *Belle, astute e coraggiose*
Roberto Piumini, *Storie d'amore*
Lewis Carroll, *Alice nel paese delle meraviglie*
Stefano Bordiglioni, *Scuolaforesta*
Mario Lodi, *Bandiera*
Vivian Lamarque, *Mettete subito in disordine! - Storielle al contrario*
Roberto Piumini, *Il circo di Zeus*
Saviour Pirotta, *Ai piedi dell'Olimpo - Miti greci*
Gianni Rodari, *C'era due volte il barone Lamberto*
Jill Barklem, *Il mondo di Boscodirovo*

Henriette Bichonnier - Pef, *Storie per ridere*
Lella Gandini - Roberto Piumini, *Mille fiabe d'Italia*
Stefano Bordiglioni - Manuela Badocco, *Dal diario di una bambina troppo occupata*
Lydia Marin Ross - Johanna Marin Coles, *L'alfabeto della saggezza*
Gianni Rodari, *La gondola fantasma*
Bianca Pitzorno, *Streghetta mia*
Jill Barklem, *Un anno a Boscodirovo*
Roberto Piumini, *Mattia e il nonno*
Beatrice Masini, *Amici per sempre*
Roberto Piumini, *Belle da raccontare*
Erwin Moser, *La barca dei sogni - Storie della buonanotte*
Stefano Bordiglioni, *Storie sotto il letto per dormire... quasi tranquilli*
Ingo Siegner, *Nocedicocco e la nave pirata*
Vivian Lamarque, *La bambina bella e il bambino bullo e altri bambini e bambine*
Gianni Rodari, *Fiabe e Fantafiabe*
Lella Gandini, *Ninnenanne e tiritere*
Roberto Piumini, *La valle dei mulini*
Stefano Bordiglioni, *Storie prima della storia*
Roberto Piumini, *A cavallo fra i castelli*
Nicoletta Costa, *Evviva l'alfabeto!*
Nicoletta Costa, *Storie di foglie e di cielo*
Silvia Roncaglia, *Storie coi fiocchi*
Michel Piquemal, *Fiabe mitologiche di eroi e di mostri*
Michael Morpurgo, *Storie sotto i baffi - Favole di Esopo*
Stefano Bordiglioni, *Il capitano e la sua nave - Diario di bordo di una quarta elementare*
Altan, *Kamillo Kromo*
Rolande Causse - Nane Vézinet, *Storie di cavalli*
Beatrice Masini, *La bambina di burro e altre storie di bambini strani*
Daniel Pennac, *Io e Kamo*
Ingo Siegner, *Nocedicocco e il grande mago*
Beatrice Masini, *Storie dopo le storie*
Roberto Piumini, *Alice nel paese delle meraviglie*
Vivian Lamarque, *I bambini li salveranno (Chi? Gli animali)*
Nicoletta Costa, *La maestra Margherita*
Nicoletta Costa, *Alfabeto per colazione*
Ingo Siegner, *Nocedicocco fa il giro del mondo*
Francesca Ruggiu Traversi, *Tommy Scuro e il segreto di Villa Brivido*
Daniel Pennac, *Kamo - L'idea del secolo*
Gianni Rodari, *Zoo di storie e versi*
Guido Sgardoli, *Vite di animali*
Stefano Bordiglioni, *Zannalunga orchetto smemorato*
Nicoletta Costa, *L'albero Giovanni e suoi amici*

Gionata Bernasconi, *Lucia e il brigante*
Ingo Siegner, *Nocedicocco e il mistero della Mummia*
Nicoletta Costa, *Streghe, streghine e stregatti*
Francesca Ruggiu Traversi, *Il Campeggio delle Streghe*
Stefano Bordiglioni, *La congiura dei Cappuccetti*
Oscar Wilde, *Il Gigante egoista*
Stefano Bordiglioni, *Storie per giocare*
Beatrice Masini, *Storie dell'uomo verde*
Tony Bradman - Tony Ross, *Storie di eroi*
Sabina Colloredo, *Un cavallo per amico*
Gianni Rodari, *I viaggi di Giovannino Perdigiorno*
Gianni Rodari, *Storie di Marco e Mirko*
Ingo Siegner, *Nocedicocco va a scuola*
Silvia Roncaglia, *Le avventure del pirata Cicciobombo*
Marco Bosonetto, *Uffa, cambio genitori!*
Storie di fate, a cura di Tig Thomas
Stefano Bordiglioni, *Sogni di principesse*
Ingo Siegner, *Nocedicocco e il pirata*
Guido Sgardoli, *Un panda per amico*
Guido Sgardoli, *Mistero allo zoo*
La storia di Pik Badaluk
Gianni Rodari, *Versi e storie di parole*
Daniel Pennac, *Kamo - L'agenzia Babele*
Febe Sillani, *Viaggio intorno al mondo*
Daniel Pennac, *L'evasione di Kamo*
Angela Nanetti, *L'uomo che coltivava le comete*
Stefano Bordiglioni, *Un problema è un bel problema*
Ingo Siegner, *Nocedicocco e la strega del maltempo*
Sabina Colloredo, *Una gattina senza paura*
Roberto Piumini, *Piccolo viaggiatore*
Stefano Bordiglioni, *Bianchina e Nerina amiche per la pelle*
Stefano Bordiglioni, *Il principe e la principessa*
Giorgio Scaramuzzino, *Le avventure del drago Gerardo*
Agostino Traini, *Ornella, pecora birichina*
Erwin Moser, *Minuscolo*
Nicoletta Costa, *Un campione alla fattoria*
Lella Gandini - Roberto Piumini, *Fiabe siciliane*
Giorgio Scaramuzzino, *Gerardo, drago avventuroso*

Finito di stampare nel mese di marzo 2015
per conto delle Edizioni **EL**
presso G. Canale & C. S.p.A., Borgaro Torinese (To)